AF176529

Rüdiger Schneider

Herzflimmern
oder
‚music is life'

Novelle

Personen und Handlung sind frei erfunden, Ähnlichkeiten oder gar Übereinstimmungen mit Namen rein zufällig.

Rüdiger Schneider

Herzflimmern
oder
‚music is life‘

Novelle

Bibliografische Information der Deutschen
Nationalbibliothek: Die Deutsche
Nationalbibliothek verzeichnet diese Publikation in
der Deutschen Nationalbibliografie; detaillierte
bibliografische Daten sind im Internet über
http://dnb.d-nb.de abrufbar.

© Rüdiger Schneider 2020
Coverfoto: www.shutterstock.com - 1444999850

Herstellung und Verlag: BoD - Books on Demand,
Norderstedt

ISBN: 9783752898453

Vorwort des Herausgebers

Eines Tages war es so weit. Ich flog mit Ryan Air nach Dublin und fuhr von dort mit dem Zug weiter nach Galway am Wild Atlantic Way Irlands. Galway ist eine wunderbare Stadt. Es ist die Stadt einer bunten Lebensfreude und es ist die Stadt der Musik. Kein Pub ohne die irischen Fiddle- und Gitarrenklänge, kein Pub ohne Gesang. Aber neben dem Sightseeing hatte ich noch einen anderen Grund. Ich wollte einen alten Freund aus Bad Breisiger Tagen besuchen, Max Wagenfeld. Er war nach Irland mit seiner Freundin ausgewandert. Sie wohnten in einem alten Cottage am Corrib River. „Spanien ist nichts mehr für mich", hatte Wagenfeld gesagt. „Warjas und meine Seele sind keltisch, gehören hierhin."

Wir hatten uns lange nicht mehr gesehen. Um mir einen Einblick in die Geschehnisse zu geben, sagte er: „Lies mein Tagebuch, dann weißt du alles."

Ich las es und fragte: „Was machst du damit?"

„Nichts", antwortete er.

„Das wäre schade", meinte ich. „Darf ich es veröffentlichen?"

„Meinetwegen. Mach damit, was du willst."

So ist es also gekommen, dass ich hier Maximilian Wagenfelds Tagebuch veröffentliche.

1

Was haben sie mit dir, mein Herz, bloß angestellt? Der Operationsbericht der Klinik war für meinen Hausarzt bestimmt. Sie hatten mir den Entlassungsbrief in einem verschlossenen Umschlag mitgegeben. Aber natürlich öffnete ich diesen Umschlag. Da war als Adressat der Name des Arztes angegeben und nicht meiner. Da stand nicht Maximilian Wagenfeld, sondern eben Name und Adresse meines Hausarztes. Aber schließlich war es mein Herz und so las ich den Bericht.

Sie hatten in der Klinik die Mitralklappe repariert. Das Segel prolabierte in den Vorhof. Dadurch war die Klappe undicht. Blut, das in den Kreislauf fließen sollte, floss zurück. Das Herz musste doppelte Arbeit leisten. Was auf die Dauer nicht gutgehen konnte. Das Herz als Muskel wird groß, größer, hypertrophiert, wird insuffizient, hört irgendwann auf zu schlagen. Die Operation, vor der ich Angst gehabt hatte, war also notwendig gewesen. Wirklich? Ich hörte nicht auf zu zweifeln. Dass man das Herz stillgelegt hatte, davon hatte ich in der Narkose natürlich nichts mitbekommen. Bei der Wiederbelebung zeigte es einen ‚spontanen Sinusrhythmus‘. Das war tröstlich. Das Herz wollte also weiter die Welt erleben.

„Ob das stimmt?" überlegte ich. „Das Herz soll nur ein Organ sein wie jedes andere auch?" So jedenfalls hatte es mir der Chirurg erklärt. Aber war das Herz nicht mehr? Hatte der Volksmund nicht eine gewisse Weisheit? Man nahm sich etwas zu Herzen. Man konnte jemandem das Herz brechen. Man sah nur mit dem Herzen gut. Und vor allem: War das Herz nicht der Sitz der Liebe?

„Unsinn!" sagten die Chirurgen. „Es ist nur ein Organ. Alles andere ist romantischer Blödsinn."

In den Tagen nach der Operation kamen sie fast jede Stunde, maßen den Blutdruck, zapften Blut ab, um irgendwelche durch Ziffern ausgedrückte Werte zu bestimmen. Zahlenorgien!

Die Schulmedizin, die Chirurgen. Kann ich ihnen etwas vorwerfen? Was soll man machen bei einem mechanischen oder wie sie sagen organischen Schaden? Ein kaputtes Auto kann man nicht durch Beten reparieren. Eine defekte Klappe nicht durch Meditation oder irgendwelche Pillen. Da muss man mit dem Skalpell ran.

Wirklich? Kann denn nicht einmal ein Wunder passieren wie in Lourdes?

Hätte sich der Sehnen-Abriss im Bereich des P2 Segmentes nicht auch auf unerklärliche Weise selbst reparieren können? Wie würden die Chirurgen da staunen! Aber die Zeiten waren vorbei, als das Wünschen noch geholfen hat.

„Wie, mein Herz, ist es nur dazu gekommen?" fragte ich mich. „Was habe ich falsch gemacht, das dich beleidigt hat? Hätte ich mehr und besser lieben sollen, so dass dein Schlag ein ruhiger ist oder ein bewegt freudiger? Ich werde anders mit dir umgehen müssen, damit so etwas nicht noch einmal passiert."

2

Jetzt war der zweite Tag meiner Reha in Bad Ems. Vom Balkon meines kleinen Zimmers blickte ich auf den Parkplatz unten. Hätte ich meinen Wagen dabeigehabt, ich wäre in Versuchung gekommen, Tasche und Rucksack zu packen, meine Gitarre zu nehmen und sofort abzuhauen. Den Vertrag, drei Wochen bis zum Anfang des neuen Jahres zu bleiben, hatte ich noch nicht unterschrieben. Ins Postfach – jeder Patient hatte eins – war schon die zweite Mahnung eingeschoben worden. „Bitte Vertrag unterschrieben an der Rezeption abgeben!" Im Postfach lag auch das Programm für die ersten Tage. ‚Buffetschulung', ‚gesunde Ernährung für's Herz' und ‚kardiologisches Gehen'. Nichts davon würde ich mitmachen. Am Buffet würde ich weiterhin nehmen, was mir schmeckte. Bier und Wein würde ich weiter für bekömmlich halten. Gehen konnte ich auch alleine ohne Herzschlagüberwachung. Die Atmosphäre in der Reha-Klinik empfand ich als abscheulich. Nur alte Leute humpelten herum. Das waren die orthopädischen

Fälle. Die waren in der Überzahl. Kam ich im Flur an einer Gesprächsgruppe vorbei, hörte ich nichts anderes, als dass man sich über Krankheiten unterhielt. Eine Frau, mit der ich ein freundliches Flirten hätte beginnen können, war auch nicht in Sichtweite. Die Damen liebten es in ausgebeulten Trainingsanzügen herumzulaufen. Die Weiblichkeit war auf der Strecke geblieben. Kam ich am Aufenthaltsraum vorbei, so saß dort niemand um zu spielen. Karten, Schach und noch nicht einmal ‚Mensch ärgere dich nicht'. Freudlos war das. Wie sollte ich hier Kontakte schließen können? Mit wem? Ich kam mir vor wie in einem Altersheim, wie auf der letzten Station vor dem Friedhof. Nur einmal hatte ich am ersten Abend vom Balkon aus einen Mann gesehen, der mit einem Rucksack zum Getränkeladen gewandert war und der sich dann nach dem Einkauf auf eine Bank am Parkplatz gesetzt und ein paar Dosen Bier geknackt hatte. Dazu rauchte er genüsslich, was mich davon abhielt mich zu ihm zu gesellen. Die Versuchung, mit dem Rauchen wieder anzufangen, wäre zu groß gewesen. Wie die Ärzte es so schön ausdrückten: Nikotin war ein cardiovaskulärer Risikofaktor. Seit einer Woche, seit der Operation, war ich rauchfrei und wollte es auch bleiben.

„Du bist ungerecht", sagte ich mir. „Was wirfst du den Leuten hier das Alter vor? Bist doch selber schon siebzig. Da unterhält man sich eben über Krankheiten und schleicht herum. Man kann nicht so tun, als sei man ewig jung. Das ist Hollywoodgebaren. „Wirklich?" fragte ich mich. „Hat nicht gerade im Alter das Herz ein Recht auf Freude? Wenn das so ist, dann bist du hier am völlig falschen Ort. Diese Rehaklinik deprimiert."

Mein Tagesablauf sollte aus Langeweile bestehen. Der wichtigste Termin war am Abend, wenn man mich in den Finger piekste, den Gerinnungswert des Blutes bestimmte und mir eine oder auch nur eine halbe Marcumarpille gab. Die Gerinnung des Blutes herabzusetzen war wichtig. Schließlich hatte ich auf der Herzklappe einen Dichtungsring sitzen, der als Fremdkörper empfunden werden konnte. Um ihn herum mochte das Blut gerinnen, einen gefährlichen Pfropfen bilden. Aber jeden Abend in der kardiologischen Abteilung anzutanzen, sich piksen zu lassen, die Pille wie eine

Hostie andächtig entgegen zu nehmen, war eine unnötige Abhängigkeit. Man konnte sich so ein Gerät, um den Gerinnungswert, INR genannt, zu bestimmen, auch selber kaufen.

„Die bringen dir hier in der Rehaklinik die Abhängigkeit bei", sagte ich mir. „Warum? Weil sie daran verdienen. Aber auch mit siebzig lässt du dir diese Abhängigkeit noch nicht aufschwatzen. Das ist ja wie eine Kaffeefahrt, bei der einem eine Rheumadecke angedreht wird."

Was stellte man in einem kleinen Zimmer an, wenn man am Abend die Hostie der Kardiologie empfangen hatte? Nichts. Das Fernsehprogramm war öde, die Frauen langweilig, das Wetter jetzt im Dezember trostlos und Bad Ems überhaupt. Da war nichts los. Die Lahn floss träge dahin. Die Kaiserzeiten waren vorbei und Goethes Frau war auch nicht mehr da.

3

Es war gegen Mittag, als ich mein Zimmer verließ, um einen Spaziergang durch Bad Ems zu unternehmen. Ich folgte der Viktoria-Allee, passierte die Martinskirche, bog ab zum Lahnufer, ging dort entlang, erblickte auf der gegenüber liegenden Seite das goldene Kuppeldach einer russisch-orthodoxen Kirche. Die Kirche stammte aus einer Zeit, als der Zar noch nach Bad Ems kam. Ich ging am Spielkasino vorbei, schlenderte weiter die Jacques-Offenbach-Promenade entlang, bis ich schließlich die Lahnstraße erreichte. Eigentlich war hier nichts Besonderes zu sehen. Ein Eiscafé, eine Bar, die sich ‚Sahara' nannte, eine ‚Futterkrippe' und eine ‚Shishabar', die aber erst am Abend aufmachte. Aber neben der Shishabar, an einer eher unauffälligen Hausfassade, blieb ich vor einem Schild stehen. ‚Warja Danilova' stand da. ‚Heileurythmie - Musiktherapie. Gut für Herz und Kreislauf. Sprechstunden nach Vereinbarung. Telefon: 02603/347…"

Ich nahm mein Smartphone, fotografierte. Ich wollte mir den Namen merken und die Telefonnummer. Vielleicht hatte ich ja eine Alternative zu der öden Reha gefunden. Musik war doch gewiss etwas, was dem Herzen guttat. Diese Erfahrung hatte ich im Ansatz schon gemacht. Als man mir vor zwei Monaten die Diagnose genannt hatte. Da war ich erschrocken gewesen. Mein Herz war zu schnell unterwegs und die Klappe undicht. Da hatte ich es mit Musik zu beruhigen versucht. ‚Illumination oft he Heart' hieß das Stück mit den Harfenklängen und den Flötentönen. Immer wieder hatte ich es gehört. In einer Dauerschleife. Und tatsächlich: Mein Herz begann ruhiger und gleichmäßiger zu schlagen. Aber die Operation war dann doch notwendig gewesen. So weit reichte die Wirkung der Musik nicht. Oder? Vielleicht konnte die Musik verhindern, dass noch eine weitere Klappe undicht wurde. Vielleicht konnte sie auch das Herz so freudig stimmen, dass dieses unangenehme Ziehen in der Herzgegend verschwand. Denn das machte mir Angst. Dass das Herz den Dichtungsring, den man auf die Klappe gesetzt hatte, als Fremdkörper abweisen konnte. War es da nicht gut, das Herz zur Musik tanzen zu lassen, so dass es sich keine Gedanken mehr über den Ring machen musste?

Auf mein Zimmer zurückgekehrt, ließ ich das ‚kardiologische Gehen', das auf dem Programm stand, sausen. Statt dessen fuhr ich mein Notebook hoch, gab bei Google ‚Warja Danilova' und ‚Bad Ems' ein. Sie würde ja eine Website haben, auf der ich mich genauer informieren konnte. Wer hatte im so genannten digitalen Zeitalter keine Website!? Und richtig. Kaum hatte ich die Wörter eingegeben, erschien auch schon der Hinweis auf die Homepage. www.therapie-wd.net. „Ohne Musik wäre das Leben ein Irrtum!" stand auf der Eingangsseite. Ein Foto der Therapeutin war zugeschaltet. Ihre Hände lagen auf den Saiten einer Harfe. Die meergrünen Augen blickten unverwandt auf den Betrachter. Ein leises Lächeln spielte um ihre Lippen. Ob der Blick auch eine gewisse Strenge ausdrückte, so als wolle sie sagen „ohne Musik geht bei mir gar nichts", wusste ich mir nicht zu deuten. Die Haare waren kastanienbraun, kurz frisiert, gaben einem schönen, ausdrucksvollen Gesicht Jugendlichkeit, so dass das Alter kaum zu schätzen war. Sie mochte fünfzig sein, vielleicht auch schon sechzig. Ihre Lieblingsfarbe, ging man von der Bluse und dem Schal aus, den sie sich um den Hals gelegt hatte, schien Türkis zu sein.

Ich wusste plötzlich nicht, wofür ich mich mehr interessierte. War es die Musiktherapie für mein Herz oder war es diese Frau? Warja Danilova. War das ein russischer Name? Auch das ließ sich leicht durch das Internet herausfinden. Ja, Warja war ein russischer Name. Wie kam eine Russin nach Bad Ems und hatte dort eine Praxis für Musiktherapie? Bad Ems hatte aus der Zeit, als der Zar zur Kur dorthin kam, schließlich auch eine russisch-orthodoxe Kirche. Vielleicht war Warja Danilova ja eine Nachfahrin der Romanows oder jemand aus dem Hofstaat des Zaren hatte sich in Bad Ems niedergelassen und eine Familie gegründet. Aber das war zunächst und überhaupt völlig nebensächlich. Wie am besten nahm ich den ersten Kontakt auf? Anrufen, einen Termin vereinbaren, ja das ging. Aber war es nicht besser, eine Email zu schreiben, meinen Fall, mein Interesse an der Therapie zu schildern? So hatte sie Zeit darüber nachzudenken. Wie würde das überhaupt mit der Bezahlung sein? Meine Krankenkasse würde eine Musiktherapie kaum übernehmen. Die waren der Schulmedizin verpflichtet. Was sollte es? Geld war in meiner Situation nebensächlich. Wer mit einem Herzfehler noch einmal davongekommen ist, dem ist Geld ziemlich egal. Für die Musiktherapie würde ich sogar einen Kredit aufnehmen. Aber wahrscheinlich reichte auch meine Pension. Jetzt war es vielleicht ein Segen, dass ich mich an Schulanstalten herumgetrieben hatte. Immerhin waren es zwölf Jahre gewesen. Den Rest hatte ich mit Beurlaubungen und Weltreisen verbracht. Der Blick nur in Bücher hatte mir nicht genügt. Abenteuer waren schöner. Immer wollte ich dabei auch der großen Liebe begegnen, die wie ein Blitz einschlägt. Ob das jetzt mit siebzig überhaupt noch gelingen kann? „Zu wenig Liebe!" hatte mein Herz gesagt und aus Protest die Klappe undicht werden lassen.

4

Ich überlegte. Wie sollte ich den ersten Kontakt herstellen? Anrufen und einen Termin bei ihr vereinbaren wäre normal. Aber das ginge auch über Email. Die Adresse war ja auf ihrer Website angegeben. Die Mail hatte gegenüber dem Anruf den Vorteil, dass ich mir meine

Worte gut überlegen konnte. Und sie, diese Warja Danilova, hatte Zeit genug, um vielleicht ein wenig neugierig zu werden. Oder auch nicht. Ich wusste ja nichts und gar nichts über sie, außer dass sie mich irgendwie mit ihrem Foto sehr beeindruckt hatte. Und natürlich auch mit ihrem Programm, ihrer Therapie. Musik fürs Herz. „Komm, alter Mann!" sagte ich mir. „Einmal noch in den Frühling. Auch wenn es scheitern wird. Aber einen Versuch ist es wert."

Und so schrieb ich per Mail: „Liebe Frau Danilova. Ich bin frisch am Herzen operiert und hocke nun zweifelnd in der Rehaklinik hier in Bad Ems unten an der Lahn. Ich zweifle daran, ob das Reha-Programm richtig für mich ist. Bei einem Spaziergang habe ich heute Ihr Praxisschild entdeckt und habe das Gefühl, dass Musik viel besser ist für mein Herz als eine langweilige Gymnastik. Sie sehen, dass ich an der Schulmedizin zweifle und ganz neue Wege suche und entdecken will. Ich würde mich freuen, wenn Sie meine Therapeutin werden könnten. Die Bezahlung der Stunden ist kein Problem. Das werde ich nicht bürokratisch über irgendeine Kasse machen, sondern aus der privaten Schatulle. Über eine Nachricht von Ihnen würde ich mich sehr freuen. Meine Telefonnummer: 01590134... Mit herzlichem Gruß, Maximilian Wagenfeld

Einmal noch auf Fehler durchgelesen. Klick, die Mail war weg, abgeschickt. Ein bisschen war das wie Schicksal spielen. Entweder meldete sie sich oder nicht. Ich hatte die Entscheidung in ihre Hände gelegt.

Am Nachmittag hockte ich unschlüssig auf meinem Zimmer. Das kardiologische Gehen, das um 15 Uhr auf dem Programm stand, hatte ich sausen lassen. Um 15.30 meldete sich mein Smartphone mit der Melodie, die ich mir ausgesucht hatte. ‚Fading like a flower' von Roxette. "Every time I see you, oh, I try to hide away!"

"Praxis Warja Danilova. Herr Wagenfeld?"

„Ja. Am Apparat." Wie steif und verlegen ich das gesagt hatte. Ich ärgerte mich darüber. „Ach, Frau Danilova", schob ich hinterher. „Wie schön, dass Sie sich melden. Wissen Sie, ich zweifle, ob ich hier in der Reha-Klinik am richtigen Platz bin. Ich möchte wieder laufen wie früher.

Da bin ich einmal von Köln nach Santiago gegangen."

Sie schwieg eine Weile, schien irritiert, fragte dann:

„Was hatten Sie denn für eine Operation?"

„Die Klappe musste repariert werden. Die Mitralklappe. Alles gut verlaufen."

„Keine Beschwerden?"

„Nein, gar nichts. Außer dass ich mich hier endlos langweile und nicht daran glaube, dass mir Gymnastik und dummes Rumlaufen guttun. Ich habe das Gefühl, dass Musik meinem Herzen mehr hilft."

„Hmm. Ungewöhnlich. Aber Sie wissen, dass nach so einer OP eine kardiologische Beobachtung notwendig ist? Ich denke da zum Beispiel an die Einstellung mit Marcumar. Das wird bei Ihnen doch so sein. Oder?"

„Ja, ja. Aber das kann ich auch durch den Hausarzt machen lassen. Oder mir so ein Gerät für den INR-Wert kaufen und mich selber in den Finger pieksen. Kein Problem."

„Gut, Herr Wagenfeld. Wir haben jetzt halb vier. Um vier könnten wir uns unten an der Rezeption treffen. Ich kenne natürlich diese Reha-Klinik und kann Ihre

Bedenken nachvollziehen. Geht das um Vier oder haben Sie irgendetwas auf dem Programm?"

„Geht um Vier. Im Programm steht nur: auf einem Stuhl sitzen und mit den Beinen schaukeln. Aber die Übung schenke ich mir."

Sie lachte. „Dann also bis um Vier."

„Mein Gott!" dachte ich. „Die hat ja eine Stimme zum Verlieben. So klar, so weich, so wunderbar feminin. Und zugleich so artikulierend als moderiere sie die Tagesschau. Von einem russischen Akzent habe ich nichts bemerkt, außer dass sie das ‚r' im Ansatz rollt."

Ich war nervös. Obgleich es überhaupt keinen Grund dazu gab. Noch war nichts passiert, nichts entschieden. Ich hatte nur eine fixe Idee gehabt mit der Musiktherapie und hatte ein Foto gesehen, das mich ziemlich beeindruckt hatte. Warum, konnte ich mir nicht erklären. Irgendwie gab es jenseits des Sag- und Beschreibbaren etwas Geheimnisvolles, das sich dem rationalen Zugriff entzog. Es war einfach so. Warum verliebt man sich in eine Person? Keine Ahnung. Aber noch war es nicht so weit. Aber es war, wie ich mir eingestand, bei mir möglich. Musik und Verliebtsein als Therapie. Auch wenn es einseitig sein würde. Denn was sollte eine so schöne Frau mit einem frisch am Herzen operierten Mann?

„Maximilian, du bist verrückt!" sagte ich mir. „In welches Gefühlschaos schlitterst du wieder hinein? Dein Herz braucht Ruhe und nicht eine neue Aufregung. Du wirst die Therapeutin ignorieren und nur auf die Wirkung der Musik achten. Das ist etwas für dein Herz. Aber nicht Warja, du Trottel."

5

Bereits um zehn vor Vier saß ich auf einer Bank unten in der Rezeptionshalle, beobachtete die gläserne Flügeltür. Ein paar Minuten vor Vier sah ich einen roten Fiat Panda auf dem Parkplatz ankommen. Und dann kam sie durch die Tür. Sie kam nicht. Ich hatte den Eindruck, dass sie schwebte wie eine trainierte Ballett-tänzerin. Sie trug einen langen schwarzen Mantel. Um den Hals einen türkisfarbenen Seidenschal. An den Füßen rote Sneakers. Sie steuerte geradewegs auf mich zu. Schließlich war ich der einzige, der in der

Halle saß. Alle anderen, die Kardiologischen wie die Orthopädischen, steckten in ihren Programmen.

Sie lächelte. „Herr Wagenfeld?"

Ich stand auf, sah in graugrüne Augen, glaubte, in ihnen ein etwas verschmitztes, aber freundliches Lächeln zu entdecken. Wir gaben uns die Hand.

„Ja, bin ich", sagte ich etwas unbeholfen und dachte zugleich: „Wow, was für eine schöne Frau!" Um diesen Gedanken, den ich für unangebracht hielt, zu verdrängen, machte ich, nachdem ich meine Hand aus ihrer gelöst hatte, spontan eine wegwerfende Bewegung, die sie dazu veranlasste, mich fragend anzusehen.

„Ach so", meinte ich. „Ich habe gerade überlegt, wo wir uns am besten unterhalten. Hier lieber nicht. Darf ich Sie zu einem Kaffee einladen?"

Sie nickte. „Gerne. Kann ich gut verstehen. Ich mag die Atmosphäre hier auch nicht. Wir könnten mit meinem Wagen nach Koblenz fahren. Ich kenne da in der Altstadt ein sehr gemütliches Café."

Ich war verblüfft. So weit will sie mit mir fahren? Aber so weit ist Koblenz nun auch wieder nicht. Wahrscheinlich will sie nur vermeiden, in Bad Ems, wo man sie kennt, mit mir gesehen zu werden. Sie will Fragen ausweichen: „Wer war das?" Verwundert war ich auch, dass sie sich so schnell gemeldet hatte, zur Klinik gekommen war und jetzt mit mir in ein Café wollte. Normalerweise hätte ich bei ihr in der Praxis erscheinen müssen. So war das üblich. Meine Verwunderung sollte etwas später im Café eine verblüffende Auflösung erfahren.

Während der Fahrt kann ich den Blick nicht von ihr wenden. „Was ist das?" frage ich mich. „Die OP ist gerade eine Woche her und ich fühle mich sehr munter. Die OP muss mein Herz verwirrt haben. Bis Koblenz habe ich zwanzig Minuten Zeit sie anzusehen. Ihr Alter kann ich immer noch nicht schätzen. Ich werde sie auch nicht fragen. Ich kann nur hoffen, dass wir nicht mehr als ein Jahrzehnt auseinander liegen."

Sie erzählt mir von der Eurythmie, von der ich überhaupt keine Ahnung habe. Ich kann nur die Wortbedeutung ableiten, weil ich auf der Schule Altgriechisch hatte. Guter Rhythmus. Aber was heißt das? Sie erklärt es mir. Eine anthroposophische Bewegungstherapie. Auch die Sprache, die Laute spielen eine besondere Rolle. Was ist

24

Anthroposophie? Wieder kann ich das nur vom Altgriechischen ableiten. Anthropos ist der Mensch.

„Es kommt auf den ganzheitlichen und persönlichen Blick an", erklärt sie mir. „Der Mensch ist kein Apparat, der in einem Krankenhaus repariert werden muss."

Höre ich überhaupt zu? Ja, das mache ich, weil ich mehr wissen und erfahren will. Vor allem aber durchströmt mich ein wunderbares Gefühl, wenn ich sie ansehe und dem Klang ihrer Stimme lausche.

Bald haben wir Koblenz erreicht. Sie parkt den Wagen in Nähe der Mosel. Wir gehen nebeneinander in die Altstadt. Dabei habe ich das Gefühl, neben ihr nicht zu gehen, sondern zu schreiten. Seltsam ist das.

Das Café ist wirklich sehr gemütlich. Man sitzt auf Sesseln oder Sofas. Es gibt kleine, separate Nischen. Ich bestelle mir einen Kaffee. Sie entscheidet sich für Cappuccino.

Sie lächelt und sagt: „Sie wundern sich wahrscheinlich, warum ich so rasch reagiert habe und wir jetzt hier in Koblenz sind."

„Wundern?" antworte ich. „Nein. Ich finde es schön."

„Sie kennen den Psychologen C.G. Jung?"

„Kennen? Nein. Aber schon von gehört. Ein Schüler Freuds. Was ist denn damit?"

„Von ihm stammt der Begriff der Koinzidenz. Ich will es kurz erklären. Also, bei Jung ist eine Patientin und erzählt ihm, dass sie in der Nacht von einem goldfarbenen Käfer geträumt hat. Und während sie ihm das erzählt, fliegt ein goldfarbener Käfer gegen die Fensterscheibe der Praxis. Zufall? Nein, eben nicht. Koinzidenz. Und so ist es mir mit Ihnen ergangen. In der letzten Nacht habe ich von einer sehr schönen in Türkis gefassten Jakobsmuschel geträumt. Den ganzen Vormittag musste ich an diesen Traum denken. Als ich mit diesen Gedanken meine Mails öffnete und Ihre las, war ich neugierig, habe Sie angerufen. Und dann erzählen Sie mir am Telefon, dass Sie nach Santiago gelaufen sind, also im Zeichen der Muschel. Deshalb bin ich so rasch gekommen. Und dann habe ich gesehen, dass Sie eine sehr schöne, in Blau und Türkis gefasste Jakobsmuschel als Amulett um den Hals tragen. Da wusste ich, dass ich bei Ihnen einen besonderen Auftrag habe. Sie sollten diese Reha-Klinik verlassen. Sie passen da nicht hin. Ich helfe Ihnen gerne dabei."

Ich überlegte. Den Vertrag hatte ich noch nicht unterschrieben. Aber mit meinem Gepäck konnte ich nicht so einfach an der Rezeption vorbeihuschen. Das ging erst gegen Abend, wenn dort niemand mehr wachte.

„Ich müsste erst meinen Wagen holen", sagte ich. „Sonst komm ich da nicht weg."

„Wo wohnen Sie denn?"

„In Bad Breisig."

„So weit ist das ja nicht. Ich fahre Sie dorthin."

So kam es, dass Warja mich nach Bad Breisig fuhr. Ich holte den Wagen aus der Garage und fuhr dann hinter ihr her zurück nach Bad Ems. Sie fuhr sicher und schnell. Aber mein kleiner blauer Fiat hatte keine Mühe den roten Panda aus den Augen zu verlieren. Am Abend schlich ich mich mit Rucksack, Reisetasche und Gitarre an der unbesetzten Rezeption vorbei. Auf den Tisch meines Zimmers hatte ich einen Zettel gelegt. „Bitte nicht suchen! Hier bleibe ich nicht. Ich bin zurück nach Hause."

6

Zu Hause, ich wohne oberhalb von Bad Breisig am Rand eines Waldes, dachte ich unentwegt an die Koinzidenz, von der Warja gesprochen hatte. Da hörte ich zum ersten Mal und ausgerechnet an diesem Abend in der Dunkelheit den Ruf eines nahen Kauzes, dem in einiger Entfernung ein anderer antwortete. Müsste ich den Ruf beschreiben, so würde ich sagen: Es ist der Ruf der Sehnsucht. Die ganze Nacht setzte er sich mit einer näher kommenden Antwort fort und verstummte erst mit dem Beginn der Morgendämmerung. Ich konnte in dieser Nacht nicht schlafen und hörte immer wieder Robert Schumanns Klavierkonzert in a-Moll, dessen träumerisches Hauptthema eine sich von innen aufschwingende Sehnsucht ist, die mit ihren Modulationen leise drängend das Bild der Geliebten entwirft und nach einer zu Beginn abstürzenden Akkordfolge und nachfolgenden spielerischen Arpeggien zu einer leidenschaftlichen Kadenz kommt. Da wusste ich, dass ich mich in Warja verliebt hatte. Und ich ahnte da schon, dass es mehr sein würde als nur ein rasches Verliebtsein. Ich empfand es als

Schicksal. Konnte ich Hoffnung haben, dass meine Gefühle erwidert wurden? Vielleicht. Wir hatten im Koblenzer Café viel über Privates gesprochen, waren während der Fahrt nach Bad Breisig vom formalen ‚Sie' zum persönlicheren ‚Du' übergegangen. Warja lebte allein. So war meine Hoffnung also kein unmöglicher Entwurf. Schön auch, dass ich schon für den nächsten Nachmittag die erste Therapiestunde hatte. Ich sollte in eine Klangwiege gelegt und geschaukelt werden. Die Klangwiege ist wie ein halbierter Baumstamm mit je einer herzförmigen Öffnung rechts und links. An diesen Öffnungen vorbei laufen außen jeweils 18 Harfensaiten, deren Klang in die Wiege hinein übertragen wird.

Um wenigstens ein paar Stunden Schlaf zu finden, öffnete ich am Morgen eine Flasche Rotwein, träumte von einem neuen Leben, dachte an Warja und die Musik und es kam mir vor, als sei ich zu einer Seefahrt aufgebrochen, wo am Rande des Horizonts auf dem Meer ein seltsames Feuer flackerte. Gegen Mittag wachte ich auf, trank, was wegen meines Herzens eigentlich verboten war, eine ganze Kanne

Kaffee und fuhr ein paar Stunden später nach Bad Ems.

7

Ich wusste, Bad Ems hatte seine goldene Zeit verloren. Nicht aber vielleicht für mich. Im 19. Jahrhundert noch war es die Sommerresidenz europäischer Monarchen, Politiker, Künstler und Künstlerinnen. Auf Seiten der Maler, Komponisten und Dichter waren es zum Beispiel: Richard Wagner, Eugène Delacroix, Dostojewski, Turgenjew, Victor Hugo, Clara Schumann, Jacques Offenbach, Nicolai Rimskij-Korssakoff, Carl Maria von Weber, Bettina von Arnim, Ilja Ehrenburg und mit Paul Heyse der erste deutsche Nobelpreisträger für Literatur.

Nicolai Rimskij-Korssakoff, dem wir die Sinfonie ‚Scheherazade' verdanken, war damals von Alexander Danilov begleitet worden, einem Musiker aus St. Petersburg. Danilov hatte sich in eine Schönheit aus Dausenau, die im Restaurant des Kurhauses bediente, verliebt und war geblieben. Der Name hatte sich bis ins 21. Jahrhundert hinein erhalten. Warja war in

Deutschland geboren, hatte einen deutschen Pass, sprach aber auch fließend Russisch. Sie hatte zwei Jahre in St. Petersburg Musik studiert. Alexander Danilov, wie Warja mir erzählte, hatte damals eine enge Verbindung zum Zarenhof gehabt. Mit meiner anfänglichen Vermutung, sie stamme aus dem Gefolge der Romanows, lag ich also nicht so ganz daneben. Das europäische ‚Who is who' damaligen Adels interessierte mich allerdings herzlich wenig. Meine Königin hatte eine Praxis für Eurythmie und Musiktherapie. In einer Klangwiege von ihr geschaukelt zu werden brachte für mich die ehemals goldene Zeit von Bad Ems zurück.

Warja sah hinreißend aus, als sie mich am späten Nachmittag empfing. Über turmalinblauen Leggins trug sie ein türkisfarbenes Kleid. Die Füße steckten in Sandaletten mit einem bunten marokkanischen Muster.

Sie breitete eine Decke in der aus edlem Buchenholz gefertigten Wiegeschale aus. Ich legte mich hinein. Warja hockte am Kopfende der Klangwiege hinter mir und begann mit einem sanften Schaukeln und einem ebenso sanften Zupfen der Saiten.

Im Resonanzraum der Wiege war mir, als säße ich Innern einer Harfe. Ich schloss die Augen, hatte aber Warjas Bild vor mir, und geriet mehr und mehr in eine tiefe, beruhigende Entspannung und Geborgenheit. Ich weiß nicht mehr, wie lange diese Klangmassage gedauert hat. Irgendwann war ich eingeschlafen und wurde irgendwann von einer lächelnden Warja geweckt. Ich entschuldigte mich, dass ich eingeschlafen war, aber sie sagte: „Nein, nein, das ist nicht schlimm. Im Gegenteil. Dein Unterbewusstsein hat alles mitbekommen."

Beim Abschied von ihr passierte mir ein, wie ich zunächst glaubte, unverzeihlicher Fehler. Sie stand lächelnd vor mir. Ich umarmte sie und drückte ihr einen leichten Kuss auf die Lippen. Dann drehte ich mich um und ging erschrocken davon.

Zu Hause entschuldigte ich mich per Email bei ihr für einen unverzeihlichen Fehler und sah die Therapie schon als beendet an. „Aber nein, mein Lieber", schrieb sie zurück, „ich hatte dich dazu aufgefordert."

8

Warja war eine neue Dimension für mich, die mich verwirrte. Vor dem nächsten Termin, bei dem heilendes Trommeln auf dem Programm stand, hatte ich eine ganze Flasche Portwein getrunken, musste statt mit dem Auto mit dem Zug über Koblenz nach Bad Ems fahren. Wieder war das Treffen am späten Nachmittag. Ich war der letzte Patient des Tages. Eine halbe Stunde schlug ich unter Warjas Anleitung Rhythmen auf Bongotrommeln, verspürte mehr und mehr Freude daran, war mir nun sicher, eine bessere Alternative gewählt zu haben als das öde Programm der Rehaklinik.

Nach der Sitzung sagte Warja: „Ich bringe dich nach Koblenz zum Bahnhof. Vorher aber gehen wir noch in unser Café."

Wir fuhren mit ihrem roten Panda, parkten dieses Mal aber nicht unten an der Mosel, sondern fuhren in ein Parkhaus. Bei Warja hatte ich an diesem Tag eine Manschette an ihrem linken Handgelenk bemerkt. „Es ist nur eine leichte Sehnenentzündung", hatte sie dazu gesagt. „Aber es schwächt mir den linken Arm."

Als wir mit dem Wagen neben dem Automaten standen, an dem man das Ticket zieht, bat sie mich, ihr Seitenfenster herunter zu kurbeln. Vom Beifahrersitz aus beugte ich mich zu ihr herüber. Mein Kopf lag auf ihrem Schoß. Ich suchte eine Taste, um das Fenster zu öffnen. „Nein, nein, du musst kurbeln", sagte sie. „Das ist bei dem Panda noch so."

Ich fand an der Tür die Kurbel, drehte das Fenster herunter, was in meiner gestreckten Lage mühsam und langsam war. Aber während ich kurbelte, streichelte Warja meine rechte Wange und berührte sie sanft mit ihren Lippen.

Im Café unterhielten wir uns über Koinzidenz und eine ganzheitliche anthroposophische Medizin. Mit meinen Gedanken war ich aber mehr im Parkhaus. Denn um dort hinauszukommen, mussten wir, damit sich die Schranke öffnet, wieder an einem Automaten halten. Um das Ticket einzuschieben, hätte ich wieder das Fenster herunter zu kurbeln.

Später, bei der Ausfahrt, ließ ich mir beim Herunterkurbeln des Fensters besonders viel Zeit. „Geht das eigentlich?" fragte ich. „Ich bin doch schon siebzig."

„Ach was!" meinte sie. „Acht Jahre sind doch kein großer Unterschied."

9

Die Begegnungen mit der Koinzidenz häuften sich. Warja und ich schrieben uns oft Emails. Einmal dachte ich über apollinische und dionysische Phasen nach. Das Apollinische ist das Gebiet der klaren, hellen, bewussten, heiteren Vernunft. Das Dionysische ist das dunkel Rauschhafte. Mit diesen Gedanken fuhr ich den Computer hoch, öffnete die Mails und fand ein Gedicht von Christian Morgenstern, das sie mir gerade zugeschickt hatte.

„Ich bin mir selbst ein unbekanntes Land, und jedes Jahr entdeck` ich neue Stege, bald wandl` ich hin durch meilenweiten Sand und bald durch blühtenquellende Gehege. Sooft mein Ziel im Dunkel mir entschwand, verriet ein neuer Stern mir neue Wege."

Da war diese Polarität, dieses rätselhafte Wesen der Seele. „Bald wandl' ich hin durch meilenweiten Sand und bald durch blühtenquellende Gehege."

Woher konnte sie wissen, woran ich gerade dachte? Nein, sie wusste es nicht. Auf einem rätselhaften Weg ist es so geschehen.

An diesem Tag brachte ich mir vom Supermarkt einen Strauß roter, noch geschlossener Tulpen mit. Ich stellte sie in eine Vase, streichelte jede einzelne, sagte ihnen, wie schön sie seien. Innerhalb nur einer Stunde begannen sie sich zu öffnen. Zwei Wochen lang konnte ich wunderschöne Blütenkelche bewundern. Und dann geschah etwas Ungewöhnliches. Normalerweise fallen die Blütenblätter beim Verwelken ab. Meine Tulpen aber begannen sich wieder zu schließen, die Köpfe wurden kleiner. Die Farbe wechselte zu dunklem Purpur und die grünen Blätter am Stengel wurden gelb. Ich brachte es nicht über das Herz, den verblühten Strauß wegzuwerfen, ließ ihn so stehen, wie er war. Seitdem rede ich mit den Blumen, berühre sie, bewundere ihre Schönheit.

Sicher, das mag nichts mit Koinzidenz zu tun haben, aber es zeigte mir, dass die Welt geheimnisvoller ist, als man uns in einer rational-materialistischen Denkart weismachen will.

Ein anderes Mal, da hatte ich schon längst eine Nacht bei Warja zugebracht, verabschiedete ich mich am Morgen und sie sagte: „Pass gut auf dich auf!" Ich antwortete: „Das macht der liebe Gott." „Der liebe Gott?" fragte sie zurück. „Naja", meinte ich, „zumindest hat er gutes Personal."

Als ich nach Hause kam und den Briefkasten öffnete, fand ich darin eine Karte mit einem Engel, der ein rotes Herz in den Händen hielt. Darunter war gedruckt: „Ich bin dein Engel." Auf der Rückseite der Karte stand: „Love is all you need! Warja." Sie hatte die Karte am Tag zuvor abgeschickt.

Ich bin erstaunt, verunsichert, ja sogar etwas verwirrt. Mir kommt sogar der Gedanke, ob Warja vielleicht ein verkleideter Engel ist. Man kennt solche Geschichten ja aus der Literatur und von Filmen. Etwa in ‚Rendezvous mit einem Engel'. Ist das nur ein romantisch erfundenes Motiv oder gibt es das wirklich? Langsam halte ich alles für möglich. Aber Warja beruhigt mich und schreibt: „Ich sage das, was hinten draufsteht. Ich werde mich doch nicht eine Hierarchie weiter nach oben befördern, dann könnte ich doch gar nicht mehr mit dir schlafen - so ohne Körper - das würdest du auch nicht wollen - oder?"

Nein! Das würde ich nicht wollen.

Ein anderes Mal, ich hörte gerade Schumanns Klavierkonzert mit dem Motiv der Sehnsucht, meldete sich mein Handy mit einer SMS. „Ich habe einen Sehnsuchtskoller. Laufe wie Falschgeld durch die Wohnung. Warja."

So geschahen immer wieder Ereignisse einer rätselhaften Parallelität. Wäre es nur einmal geschehen, hätte ich mit dem Begriff Zufall operiert. So aber, in ihrer Summe, zeigten sie mir, dass es neben unserer sicht- und erklärbaren Welt noch eine andere, geheimnisvolle geben muss.

10

Meinem Herzen ging es recht gut. Ein befreundeter Arzt hatte zwar gesagt: „Maximilian, mach bitte das, was die Doctores dir sagen! Mit Herzflimmern ist nicht zu spaßen." Aber ich kümmerte mich nicht darum. Ich hatte die Betablocker abgesetzt, weil es unnormal ist, dass der Blutdruck immer gleichbleiben soll. Und statt Marcumar zu nehmen, trank ich lieber ein paar Gläschen Portwein. Ab und zu ging ich in die Apotheke des Ortes, um den INR-Wert bestimmen zu lassen. Der gibt die Höhe der Blutverdünnung an und sollte, wie von den Ärzten empfohlen, zwischen zwei und drei liegen. Der Apotheker kam dann mit seinem Besteck, piekste mich in den Finger, strich einen Tropfen Blut ab, maß mit seinem Gerät den Wert. Manchmal, wenn ich zu tief ins Glas gesehen hatte, war er sogar höher als drei. Kein Arzt der Welt wird seinem Patienten sagen: „Marcumar? Ach was! Trinken Sie lieber Portwein." Die Pharmaindustrie hätte sicher auch etwas dagegen. Ich weise für diejenigen, die das eventuell lesen, ausdrücklich darauf hin, dass dies meine individuelle Methode ist. Bei anderen mag sie ziemlich schiefgehen und gefährlich sein. Fragen Sie dazu bitte Ihren Arzt oder Apotheker!

Mein Herzflimmern war ein anderes. Es verdankte sich Warja und all den Erlebnissen mit ihr. Es verdankte sich dem Verliebtsein, der Sehnsucht und der Musik. Es verdankte sich der Geborgenheit, der Wärme und Freude, die ich bei ihr empfand. Das Statement, das der Chirurg vor der OP abgab, das Herz sei nur ein Organ wie jedes andere auch, ist purer Unsinn. Das Herz ist ein Sinnesorgan. Es kann denken und unmittelbar wahrnehmen und mitempfinden. Es macht sich durchlässig für das, was wahrzunehmen ist. Trifft es auf die Liebe, fühlt es sich besonders wohl. Schon Aristoteles hat das Herz als Wahrnehmungsorgan gesehen. Dem Gehirn schrieb er wegen seiner Furchen nur eine kühlende Aufgabe zu.

11

An einem sonnigen Samstag im Februar sagte Warja zu mir: „Wir gehen jetzt spazieren und machen einen Dreier." Ich schwieg dazu, hatte aber sonderbare Befürchtungen. Wohin würden wir gehen? Würde da jemand warten? Wir fuhren zu einer Höhe an der Lahn, wanderten auf Wirtschaftswegen an Wiesen und Weiden vorbei, hatten herrliche Ausblicke bis hin zur Mündung der Lahn. Dann ging es auf einem Pfad in den Wald hinein. Nach einer Wegstrecke von etwa einem Kilometer tauchte auf einem bemoosten Felsenvorsprung eine Krummeiche mit zwei Stämmen auf, die ineinander verschlungen waren. Hier blieb Warja stehen und sagte:

„Das ist mein Liebesbaum. Komm! Wir fassen uns an den Händen und umarmen den Stamm."

Mein Herz war wegen der Wanderstrecke und wegen einiger Steigungen etwas in Galopp geraten, aber während wir jetzt den Stamm umarmten und dazu schwiegen, regulierte sich der Schlag, wurde ruhiger und mir war, als würden einige Blätter, die noch verwelkt an den Zweigen hingen, geheimnisvoll im Wind raunen. So verharrten wir eine Weile und ich erinnerte mich an ein seltsames ähnliches Erlebnis. Es hatte eine Zeit gegeben, wo ich wegen eines Bandscheibenvorfalls nur mit einer Krücke laufen konnte. Damals hatte ich mich erschöpft an den Stamm einer uralten Linde gelehnt und plötzlich durchströmte ein warmes Gefühl meinen Rücken. An der Weser war das. Gegenüber einem Kloster. Einen Tag später konnte ich ohne Krücke laufen, bin zu einer Brücke gegangen und habe die Krücke in die Weser geworfen. Von Bäumen konnte eine seltsame Kraft ausgehen. Warja wusste das. Auch das.

Ich dachte an Platons Gastmahl und an die Erzählung des Sokrates über Diotima, über die weise Frau aus Mantineia, die ihn über das Wesen des Eros aufgeklärt hatte:

„Amor ist ein großer Dämon, Sokrates. Jeder Dämon macht ein Mittelwesen zwischen der Gottheit und dem Menschen aus. Was ist aber die Bestimmung solcher Dämonen? Sie sind Dolmetscher zwischen den Göttern und Menschen."

Amor also als Vermittler zwischen Gott und dem Menschen. Jetzt endlich verstand ich auch jenen Satz aus dem zweiten Teil von Goethes Faust: „Alles [echt!] Weibliche zieht uns hinan [nach oben also!]."

Diesen Eintrag in mein Tagebuch machte ich an einem Nachmittag vor meinem Geburtstag. Warja wusste nichts davon. In der Nacht, ein Orkantief zog gerade über Deutschland, öffne ich mein Postfach. Warja hatte geschrieben: „Dir zum Geburtstag rufe ich zu: Eros ist die Kraft, die mich den Anderen in seinem Innersten verstehen lässt!"

Wunderte ich mich noch über das Phänomen der Koinzidenz? Nein.

Ich war nicht nur einer geliebten Frau, sondern auch einer Seelenführerin begegnet. Das war anspruchsvoll. Das war verdammt anspruchsvoll. Das war sogar anstrengend. Vor dieser Begegnung war ich eine faule Socke gewesen, eine Couchpotatoe, die Abend für Abend dumpf auf dem Sofa lag und sich blödsinnige Fernsehprogramme reingezogen hatte und selbst vor ‚Bauer sucht Frau' nicht zurückschreckte. Bequem war das gewesen, aber geistlos. Ein Totschlagen der Zeit. Jetzt wehte ein anderer Wind. Ich durfte diesem Anspruch nicht ausweichen. Allein schon um die Liebe nicht zu verlieren. Ich stieg um von Portwein auf Aspirin.

12

Warja hatte keinen Fernseher, aber einen Apple-Computer mit großem Bildschirm. An manchen Abenden baute sie für uns eine kleine Kinoecke und klickte sich in die Mediathek von Arte. Einer der besten und eindrucksvollsten Filme handelte von Lou Andreas-Salomé, jener Frau aus St. Petersburg, der man nachsagte, sie habe Nietzsche in den Wahnsinn getrieben. Das ist natürlich Unsinn. Nietzsche war selbst schuld. Er hätte erkennen müssen, dass Lou sich nicht besitzen lassen wollte. Von niemandem. Auch nicht von gesellschaftlichen Konventionen und gewiss nicht von einer patriarchalisch bestimmten Welt, in der die Frauen in der Küche hockten und die Männer vagabundieren durften. Sie als Frauenrechtlerin zu bezeichnen ist richtig, aber nur eine Facette ihres Wesens. Sie war Philosophin, Schriftstellerin, Psycho-analytikerin. Sehr eigensinnig, konsequent, kämpferisch, unbequem, schön und lebenslustig. Ich empfand sie im Film als sehr liebenswert, war aber froh, ihr im späten 19. Jahrhundert nicht begegnet zu sein. Dieses Privileg hatten Rainer Maria Rilke, Sigmund Freud und eben Nietzsche. Und noch einige andere. Sicher, ich hätte auch über ‚Bauer sucht Frau' diskutieren können, aber über Lou Andreas-Salomé zu sprechen hatte eine etwas andere Qualität.

An einem der Abende besuchten wir im ‚Kino' auch ein Werkstattgespräch des Dirigenten Teodor Currentzis über Mahlers 9. Sinfonie.

„Max", hatte Warja gemeint, „wenn du jemanden über Musik sprechen hören willst wie über die Liebe, dann sehen wir uns das an." Ja, es war anstrengend, aber auch berührend und eindrucksvoll. Manches habe ich nicht verstanden. Aber ich habe verstanden, dass die Musik einen unmittelbaren Zugang hat zur Welt der Liebe, der Sehnsucht, aber auch der Verzweiflung.

Wir suchten in den Mediatheken nach Literaturverfilmungen und fanden so den ‚Steppenwolf', den ‚Homo Faber' und auch Zweigs ‚Schachnovelle' in der Verfilmung mit Curd Jürgens. Man konnte wunderbar mit Warja reden über die Filme. Ich benutze absichtlich nicht den Begriff ‚diskutieren', der die warme Atmosphäre der Gespräche nicht wiedergeben kann.

13

Manchmal konnte sie auch anstrengend sein. Ich liebe es, am frühen Morgen bei einer Tasse Kaffee stumm dazusitzen, in den beginnenden Tag zu schauen, eine Zigarette zu rauchen. Der Kölner in seiner humorvollen Art nennt das ein

Zuhälterfrühstück. Auch Warja war schon aufgestanden, saß mir auf meiner Couch gegenüber und erklärte mir plötzlich, wie sich Parabeln im Unendlichen spiegeln. Ich konterte mit Schrödingers Katze. Das ist ein Problem aus der Quantenmechanik. Ist die Katze nicht da, sieht man sie. Ist sie da, sieht man sie nicht. Es besagt nichts anderes, als dass man mit einem Beobachtungsmittel so in ein Atomsystem eingreift, dass es sich verändert und man nichts mehr original beobachten kann. Es ist so, als würde man sich auf einer Almwiese vor ein Erdmännchenloch setzen, um das Erdmännchen zu beobachten. Es kommt nicht. Erst wenn man so weit weg ist, dass man das Loch nicht mehr sieht, taucht das Erdmännchen auf.

Nach Schrödingers Katze begann Warja das Thema der Cassinischen Kurven zu erörtern. Die Cassinischen Kurven beschäftigen sich mit der Berechnung von Planetenbahnen. Da bemerkte ich, wie sich unter ihrem dünnen T-Shirt der linke Brustnippel sichtlich vergrößerte. Das war meine Chance. Ich kniete vor ihr nieder und begann ihn sanft zu streicheln.

Mit der Zeit gewöhnte ich mich an die intellektuellen Anstrengungen. Ja, ich hätte sie sogar vermisst, wären sie ausgeblieben. Der Fernseher, den ich habe, blieb ausgeschaltet. Vor allem wollte ich mich auch nicht mehr dem Stakkato der stündlichen Nachrichten aussetzen, wo andauernd nur von Krisen, Krieg und Viren berichtet wird. Mein Reich war die Liebe, die Musik und Warja. Es war viel schöner, mit ihr ein Konzert zu besuchen, einen therapeutischen Vortrag zu hören oder einfach nur durch den Wald zu gehen und der geheimen Sprache der Natur zu lauschen. Und die Nächte waren voll anmutiger Zärtlichkeit und Leidenschaft, so dass Warja einmal bemerkte:

„Manchmal ist das Glück schwerer zu ertragen als das Leid."

14

Statt mich mit Siebzig auf das Rentnerbänkchen zu setzen und ein bequemes Leben zu haben, sah ich mich erheblichen Turbulenzen ausgesetzt. Da war eine erste Flucht aus dem Krankenhaus, dann doch die Operation am Herzen, der Abbruch der Reha, der Beginn der Musiktherapie und dann, genau so drücke ich es aus, der Tsunami der Liebe. Wie bei einem Gedicht von Hilde Domin war ich ‚durchnässt bis auf die Herzhaut'. Und alles war verbunden mit einem Auftrag zur Entwicklung, den ich nicht ablehnen durfte. Es war verboten.

Ich hatte Ruhe haben wollen, aber nun erinnerte ich mich an die mittelhochdeutsche Lektüre des Wolfram von Eschenbach. Parzival, der als tumber Mensch ausreitet, um zur Artusrunde zu finden und schließlich den Gral zu suchen. Besonders eine Szene fiel mir immer wieder ein. Er starrt auf drei Blutstropfen im Schnee. Ein Falke hatte eine Taube gejagt und verletzt. Bezaubert sitzt er auf seinem Pferd und denkt an seine Frau, an Kondwiramurs. „Dieser Farbe glich der Leib, der Leib von seiner Königin. Das nahm ihm die Besinnung hin. So hielt er da, als ob er schlief."

Als ich mich wieder mit dem Parzival befasste, mit dem Thema der Suche, da meldete sich Warja und sagte: „Ich habe zwei Karten für die Mannheimer Aufführung von Wagners Parzival. Am Karfreitag. Kommst du mit?"

Ich hatte mich an die Koinzidenz gewöhnt und sagte einfach nur „Ja!"

Auch führte mich Warja wieder zu den bezaubernden Gedichten von Rilke. So fand ich in meinem Postfach die Zeilen: „O gäbs doch Sterne, die nicht bleichen, wenn schon der Tag den Ost besäumt; von solchen Sternen ohnegleichen hat meine Seele oft geträumt. Von Sternen, die so milde blinken, dass dort das Auge landen mag, das müde ward vom Sonnetrinken an einem goldnen Sommertag."

Ich schrieb zurück: „Von welchem Stern sind wir einander zugefallen?"

Ich konnte mich nicht zurückhalten, ihr auch ein Rilke-Gedicht zu schicken: „Die Nacht holt heimlich durch des Vorhangs Falten aus deinem Haar vergessnen Sonnenschein. Schau, ich will nichts, als deine Hände halten und still und gut und voller Frieden sein. Da wächst die Seele mir, bis sie in Scherben den Alltag sprengt; sie wird so wunderweit: An ihren morgenroten Molen sterben die ersten Wellen der Unendlichkeit."

Ich war im digitalen Zeitalter mitten in der Romantik gelandet. Aber ist es ein Fehler, einen Alltag zu sprengen, der ringsum immer blödsinniger wird? Ich glaube „Nein!"

15

Mit Warja hatte ich manchmal darüber gesprochen, dass das Leben in Deutschland ein wenig eingefroren sei. Man müsse dort nicht unbedingt wohnen. Und so fragte ich sie einmal: „Willst du immer in Bad Ems bleiben?"

Sie lächelte: „Nein. Aber was glaubst du denn, wo ich gerne sein möchte?"

Ich hob die Schultern. „Ich weiß es nicht. St. Petersburg vielleicht. Aber am meisten leuchteten deine Augen, wenn du deine Erlebnisse in Irland geschildert hast. Von der Radtour mit Zelt rund um die Insel. Von Donegal, Connemara, dem südlichen Kerry und vor allem von Galway, der Stadt der Musik, wie du sie genannt hast. Ich tippe also eher auf Irland."

Sie lächelte wieder. „Gut, mein Lieber. Du hast es erraten. Und du? Du würdest gerne nach Spanien?"

Ich schüttelte den Kopf. „Nein, nicht mehr. Eher dorthin, wo die Harfe zu

Hause ist. Ich hätte es schon lange wissen müssen, von damals her, als ich zu Fuß um die Bretagne gewandert bin. Die Landschaften, die von der Bretagne und die von Irland, sind verwandt. Bei meiner Wanderung vor vielen Jahren, vom St. Mont Michel nach Brest, bin ich das erste Mal der Harfe begegnet und einer zauberhaften keltischen Musik. Da wir beide kein Französisch sprechen, aber Englisch, bietet sich Irland an. Und dort eben und besonders Galway."

„Du kämst also mit?"

„Aber ja doch. Ich würde dir sogar nach Sibirien folgen."

Sie legte den Arm um mich. „Okay. Dann buchen wir einen Flug nach Dublin und sehen uns in Galway um."

„Und deine Praxis?"

„Wird verkauft. Das Haus gehört ja mir. Eigentlich wollte ich schon lange weg. Aber alleine hatte ich keine Lust dazu."

Es war der 10. Februar. Warja war bei mir. Ich fuhr den Computer hoch, ging auf die Website des Fliegers mit der Harfe.

„Angenehme Abflugzeit", sagte ich. „10.25 Uhr. Welches Datum nehmen wir?"

„Nächste Woche. 17. Februar. Dann habe ich noch Zeit, ein paar Termine abzusagen."

„Und der Rückflug?"

„Offen lassen."

Ich buchte zwei Plätze. Köln-Dublin.

Pünktlich um 10.25 sprangen am 17. Februar die Turbinen an. Der Flieger rollte zur Startbahn, beschleunigte dort, hob ab. Neben mir saß Warja und hatte den Kopf an meine Schulter gelehnt.

Rüdiger Schneider lebt als Autor in Bad Breisig am Mittelrhein. Veröffentlichung von Romanen und Erzählungen. Publikationen zum Jakobsweg und auch anderen Pilgerwegen u.a. ‚Via Hildegardis'. 1996 Förderpreis zum Literaturpreis Ruhrgebiet. 2000 erschien im Leipziger Militzke-Verlag mit ‚Pandoras Schatten' sein erster Krimi.

Website: www.ruediger-schneider.net

‚Herzflimmern' ist der abschließende Band einer Trilogie. Die erste Geschichte heißt ‚An einem regnerischen Tag', die zweite ‚Lissabon – drei Tage'. Alle drei Geschichten spiegeln eine Entwicklung vom Oktober bis zum Februar.

In einer kardiologischen Villa lernen sich Sonja und Felix kennen. Kummer verbindet. Beide haben dieselbe Diagnose und müssten in einer Herzklinik zu einer Operation unters Messer. Aber vor diesem Termin fliegen sie für drei Tage nach Lissabon.

Felix Degenhardt flieht vor einer Herzoperation aus dem Krankenhaus. Seine Freundin Lena, das hat sie angekündigt, wird ohne ihn nach Spanien und Marokko fliegen. In seiner Wohnung beginnt er mit einem selbstmörderischen Trip. Bis er sich entschließt, eine 'kardiologische Villa' aufzusuchen. Dort trifft er auf Sonja, die nächtliches Herzrasen hat.